宋本

# 駱賓王文集

〔唐〕駱賓王 撰

上海古籍出版社

據國家圖書館藏宋蜀刻本影印原書板框寬二十三厘米高十八點七厘米

# 出版說明

駱賓王詩文自唐中宗時郗雲卿奉敕搜輯成十卷，後又有八卷本、六卷本、四卷本、三卷本、二卷本等版本流傳。今存世最早之本爲蜀刻《駱賓王文集》十卷本，即此次影印之底本。

此本半葉十一行，行二十字，白口，左右雙邊，單黑魚尾，字體渾厚，刀法穩健，版式、風格與蜀刻《李太白文集》、《王摩詰詩文集》相近。避敬、朗、殷、弘、恒、貞等北宋諱字，遘、溝有闕筆而慎字不闕，則刊刻時代當在南宋高宗時期。鈐『宋本甲』、『毛晉之印』、『汲古閣主人』、『蕘圃過眼』、『思適齋』、『汪印士鐘』『三十五峰園主』、『聊城楊氏宋存書室』、『楊彥合讀書印』等印鑒。曾入藏毛氏汲古閣，序文、目錄闕葉以及卷六至卷十皆為毛氏據宋本影鈔補配。後歸陸之逵小讀書堆，黃丕烈曾借錄，書識語於卷末；顧廣圻亦曾自該處借出影鈔，並題記於書前、卷末，云此即《直齋書錄解題》所著錄之版本，後又據此本為秦恩復校刻石研齋本。此後又為汪氏藝芸書舍、楊氏海源閣弆藏。海源閣藏書散出後，傅增湘曾經眼，著錄於《藏園群書經眼錄》，今藏國家圖書館。世間孤本，又歷名家遞藏，實足珍貴。



上海古籍出版社

二〇一六年十二月

# 宋板駱賓王文集

一卷至五卷

上冊

嘉慶丁卯影寫一部後十年丙子
秦敦夫太史開彫於揚州文局覆
勘印行爲記帙首使閱此者知其
是祖本也
思適居士書

# 駱賓王文集序

魯國

駱賓王婺州義烏人也年七歲能屬文高宗朝與盧照隣楊烱王勃文詞齊名海内稱焉号爲四傑亦云盧駱楊王四才子仕至侍御史後以天后即位頻貢章疏諷諫因斯得罪貶授臨海丞文明中與嗣業於廣陵共謀起義兵事既不捷因致逃遁遂致文集悉皆散失後中宗朝降勑搜訪賓王詩筆令雲卿集焉所載者即當時之遺漏凡十卷此集並是家藏者亦足傳諸好事

# 駱賓王文集目録

駱賓王 附唐書王勃傳不載字又藝文志亦闕

## 第一卷

### 賦

螢火賦　蕩子從軍賦
靈泉賦

## 第二卷

### 詩

遊德州贈高四　紫雲觀贈道士
贈宋五之問　浮查
在獄詠蟬　艷情代郭氏荅盧照鄰



代女道士王靈妃贈道士李榮

## 第三卷

### 詩

春霽早行　秋日山行
晚渡天山　晚泊河曲
晚泊蒲類　晚渡黄河
早發淮口　渡瓜步泝
遠使春夜多懷　晚泊江鎮
早發諸暨　途中有懷
晚憩田家　宿山庄
出石門　至分陝

至汾水戍　過張平子墓
北眺春陵　望鄉夕泛
久客臨海有懷　逢孔君
西京守歲　海曲書情
行軍行路難　邊城落日
蓬萊鎮　在軍登城樓
宿温城望軍營　白雲抱幽石
秋日卧病　題七級
春雲處處生　早秋出塞
鄭安陽入蜀

第四卷

詩

軍中贈知己　酬思玄上人林泉四首
憶張二　和李明府
望月有所思　對雪憶謝二
送陳文林　送鄭少府入遼
送費六還蜀　別侯四
送尹大赴京　送閻五
送吴七遊蜀　送王明府上京
秋日送别　易水送人
別詳正學士　別李嶠得勝
餞宋五　遊開道林故山

遊靈公觀　夏日遊山家
春日遊陁山寺　冬日野望
夏日遊目　曉初登樓思京
登司馬樓宴　初於六宅宴
韋明府宅宴　冬日宴
鏤鷄子　詠雲酒
詠美人　夕次舊吴
過故宋

## 第五卷

詩

傷祝阿王明府　詠懷古意

詠懷　邊夜有懷
邊城懷京邑　幽縶書情
寒夜獨坐　憲臺出縶有懷
月夜有懷　叙寄員半千
憶蜀地佳人　送郭少府
餞駱四　宋五之問
過任勲士書齋　塵灰
秋晨同詠　秋雲
秋蟬　秋露
秋月　秋水
秋螢　秋菊

秋鴈　詠照
桃燈扶　詠水
詠鴈　詠雪
詠塵　棹歌行
王昭君　翫初月
詠鵝

第六卷
表啓
請陪封禪表　和道士閨情詩啓
上帝京篇啓　上太常伯啓
上李少常啓　上兗州啓
上崔長史啓　上張司馬啓

第七卷
啓書
王廉使啓　上韋明府啓
上郭贊府啓　上梁明府啓
上裴侍郎啓　與程將軍書
荅員半千書　與博昌父老書
與親情書

第八卷
雜著
李長史宅宴序　王司馬樓宴序

冒雨尋菊序　楚國寺宴序
竇六郎宅宴序　餞宋三之豐城詩序
送閻五序　餞尹大往京序
餞陸道士序　送益府參軍序
餞麹録事序　餞李八詩序
看競渡序　與群公宴序
對策文三道

第九卷

雜著

帝京篇　疇昔篇
破逆賊露布　破設蒙儉露布



第十卷

雜著

代李敬業檄　應詰
自叙狀　祭趙郎將文
樂大夫挽歌五首　丹陽刺史挽歌三首

駱賓王文集目録畢

# 駱賓王文集卷第一

賦頌

螢火賦　蕩子從軍賦
靈泉賦

## 螢火賦

余猥以明時久遭幽縶見一葉之已落知四運之將終悽然客之爲心乎悲哉秋之爲氣也光陰無幾時事如何大塊是勞生之機小智非周身之防嗟乎綈袍匪舊白首如新誰明公冶之非孰辨臧倉之愬是用中宵而作達旦不瞑觀兹流螢之自明哀此覆盆之難照夫類同而心異者龍蹲歸而宋樹伐質殊而聲合者魚形出而吴石鳴苟有會於精靈夫何患於異類況乘時而變含氣而生雖造化之不殊亦昆蟲之一物應節不愆信也與物不競仁也逢昏不昧智也避日不明義也臨危不懼勇也事有沿情而動興因物而多懷感而賦之聊以自廣云耳

伊玄功之播氣有丹鳥之賦象順陰陽而亭毒資變化而含養每寒潛而暑至若知來而藏往既發揮以外融亦合光而內朗若夫小暑南收大火西流林塘改夏雲物迎秋忽凌虛而赴遠乍排叢而出幽均火齊之宵映如夜光之暗投逝將歸而未返忽欲去而中留入槐榆而焰發若改燧而中環周繞堂皇而影

泛疑秉燭以嬉遊點綴懸珠之網隱映落星之樓乍
滅乍興或聚或散居無定所習無常翫曳影周流飄
光凌亂泛艷乎池沼徘徊乎林岸狀火井之沉熒似
明珠之出漢值衝飇之不烈逢淫雨而逾熾炤灼兮
若湛盧之夜飛灼爍兮像招搖之夕煇與庭燎而相
炫然重陰於巳昏共爝火而齊息避太陽於始旦尒
其光不周物明足自資偶仙鼠而伺夜對飛蛾之赴
嬉類君子之有道入暗室而不欺同至人之無迹懷
明義以應時處幽不昧居照斯晦隨隱顯而動息倏
昏明而進退委性命兮幽玄任物理兮推遷化腐木
而含彩集枯草而藏煙不貪熱以苟進每和光而曲



全豈如鎔金而自爍寧學膏火之相煎陋蟬蜩之習
悦怵螻蟻之慕羶匪傷蜉蝣之夕不羡龜鶴之年槍
榆飛而控地摶扶起而垂天雖小大之殊品豈逍遙
之異筌夫何化之斯化無使然而自然若乃有來斯
通無往不至排朱門而獨遠昇青雲而自致匪偷光
於鄰壁寧假煇於陽燧終徇巳以致能靡因人而成
事物有感而情動迹或均而心異響必應之於同聲
道固求之於同類始未明於趍捨庸詎識其指意子
尚不知魚之爲樂吾又安能知螢之爲利高明兮有
融遷變兮無窮牛哀倏而化虎羽泉忽兮生熊血三
年而藏碧䰟一變而成虹知戰場之有燐牾寃獄之

爲蟲彼翾飛之質弱尚矯翼之凌空何微生之多蹟
獨究頸以觸龍異壁光之照廡同匑影之理豈覬道
迷而可復庶幽鑒而或通覽光華而自照顧形影以
相弔感秋夕以殷憂難宵行以熠燿熠燿飛兮絶復
連艀憂積兮明且前見流光之不息愴驚魂之屢遷
如過隙之巳来同奔電兮忽焉儻餘光之可照庶寒
灰之重然

蕩子從軍賦

胡兵十萬起妖氣漢騎三千掃陣雲隱隱地中鳴戰
鼓迢迢天上出將軍邊沙遠離風塵氣塞草長萎霜
露文蕩子辛苦十年行囬首關山萬里情遠天横朔



氣邊地聚笳聲鐵騎朝常警銅焦夜不鳴抗左賢而
列陣比右校以疏營滄波積凍連蒲海雨雪凝寒遍
柳城若乃地分玄徼路指青波邊城暖氣從來少關
塞寒雲夲自多嚴風凜凜將軍樹苦霧蒼蒼太史河
旣拔距而從軍且揚麾而挑戰征旆凌沙漠戎衣犯
霜霰樓舡一舉爭沸騰烽火四連相隱見戈文耿耿
懸落星馬足駸駸擁飛電終取俊而先鳴豈論功而
後殿征夫行樂踐榆溪倡婦銜怨坐空閨蘼蕪舊曲
終難贈芍藥新詩豈易題池前怯對鴛鴦伴庭際羞
看桃李蹊花有情而獨笑鳥無情而恒啼蕩子别來
年月乆賤妾空閨更難守鳳凰樓上罷吹簫鸚鵡林

中臨勸酒同道書來一雁飛此時緘怨下鳴機裁鴛
帖夜被薰麝染春衣屏風宛轉蓮花帳窗月朦朧翡
翠帷箇日新粧如復罷愁應含笑待君歸

靈泉頌

聞天玄功幽賛靈心以有德是親至道冥符篤行以
通仁爲本若乃天經地義色養叶於因心夏清冬温
愛敬弘於錫類下逮六幽之奧上洞三光之精不有
至誠孰云斯感有廣平宋思禮字過庭皇朝永州刺
史昉之嫡孫户部員外順之長子幼丁偏罰早喪慈
親永懷鞠養之恩長增思慕之痛弱不好弄長而能
賢趍庭聞詩禮之風永宗勗曾閔之行事後母徐以



至孝聞北面興悲泣高堂而咎巳東遊下位歡微祿
以逮親調露二年來佐百里俯就微班之列將申返
哺之情敬立身其若斯於從政乎何遠時歲亢旱金
石行銷傈近川源始將煙絕潛井皆爲湯谷通波盡
化汙池太夫人在遲暮之年有温勞之疾非濫撥不
可以適口非源泉不可以蠲痾色養既虧憂惶靡訴
俄而廳階之下忽清泉而自生因疏導其源遂流注
不竭味甘若醴氣冷如冰此邑城控劍山地連禹穴
基址多石崗阜無津爰自興建已來曾微穿汲之利
非精誠貫於有道純志浹於無和孰能給冥貺以通
幽導靈泉而致養者也昔漢目忠烈窮井飛於一言

姜婦孝思潛波移於七里靜惟陳迹彼亦何人蕭縣尉帅晃耿介之士也道外則金蘭若膠漆情異則軒冕猶埃塵片善可嘉朝聞甘於夕死一諾猶重黃金賤於白珪以爲執友素交豈祿利輕肥之謂也賞音達禮非鍾鼓玉帛之云乎所耻者殁而無稱所貴者存乎不朽徒懷羡志未遇良材其出賛荒隅途經勝壤三秋客恨長懷宋玉之悲一面交歡暫叩桓譚之涕覩斯水之清泚感若人之精誠見賢思齊仰珪璋而有地揮毫興頌鏤琬琰之無慙乃作頌曰

粤若稽古厥初生民其誰不孝獨我難倫義不存道仁不遺親愛欲盡力孝悌通神



頑我恩極因心感至冥契動天甘泉湧地泠泠無竭藁蒸不匱曾是我思永錫尒類

爰有芳人景行芳塵事諧則感通洽斯親孝爲禮主名是實賓儻斯文之不墜知盛德之有鄰

駱賓王文集卷第一

駱賓王文集卷第二

雜詩

遊德州贈高四　紫雲觀贈道士

贈宋五之問　浮查

在獄詠蟬

代贈道士李榮　代郭氏荅盧照鄰

夏日遊德州贈高四并序

夫在心爲志發言爲詩詩有不得盡言言有不得盡意僕少負不羈長逾虛誕讀書頗存涉獵學劒不待窮工進不能矯翰龍雲退不能棲神豹霧撫循諸己深覺勞生而太夫人在堂義須捧檄固仰長安而就日赴帝鄉以望雲雖闕三冬而書勞十上嗟乎入門自媚誰相謂言致使君門隔於九重中堂遠於千里旣而交非得兎路是亡羊幸堂北上奬盧褐来初服遂得載披玉葉歘洽金蘭傾意氣於一言締風期於千祀雖交因氣合資得意以敦交道契言忘少寄言而筌道是以輒投木李以代疎麻章句繁廡心神媿恧庶　雅韻紆辱報章則覬　連星開龍文於劒匣素輝齊月頻驪頷於珠胎云尔

日觀鄰全趙星臨俯舊吳隔津開巨寖稽阜鎮名都
紫雲浮劒匣青山孕寶符封壃恢霸道問鼎覺雄圖
神光包四大皇威震八區風煙通地軸星象正天樞

天樞限南北地軸殊鄉國闢門通舜賓比屋封堯德
言謝垂鈎隱来叅鼎職天子不見知群公詎相識
未展從東駿空戢圖南翼時命欲何言撫膺長歎息
將如何遊人意氣多白雲梁山曲寒風易水歌
泣魏傷吴起恩趙切廉頗凄斷韓王劍生死翟公羅
羅　翟公意劍負韓王氣驕餌去易論忌途良可畏
夙昔懷江海平生混涇渭千載契風雲一言忘賤貴
去去訪林泉空谷有遺賢言投爵里刺来泛野人舡
締交君贈縞投分我忘筌成風郢匠斵流水伯牙絃
牙絃忘道術漳濱恣閑逸聊安張蔚廬詎掃陳蕃室
虛室狎招尋歡愛混浮沉一諾黄金信三復白珪心



霜松貞雅節月桂朗冲襟靈臺萬頃濬學府九流深
談玄明毀壁拾紫陋籯金鷺濤開碧海鳳彩綴詞林
林虛星華映水澈霞光淨霞水兩分紅川源四望通
霧卷天山靜煙銷太史空鳥聲流向薄蝶影亂芳叢
柳陰低軟水荷氣上薰風風月芳菲節物華紛可悅
將蔽促席賞逷軒文歸別積水帶吴門通波連禹穴
贈言雖欲盡機心庶應絕潘岳本自閑梁鴻不因熱
一飄欣狎道三月聊棲拙棲拙隱金華狎道訪仙查
放曠愚公谷消散野人家一頃南山豆五色東陵瓜
野衣栽薜荔山酒酌藤花白雲離望遠青溪隱路賒
傹憶幽叢桂猶巢折疎麻

於紫雲觀贈道士 并序

余鄉國一辞江山萬里昔年離别還同塞北之鳬今日歸来即似遼東之鶴先生情均得兎忘筌之契已深路是忘羊分歧之恨逾切不題短什何汰衷襟乎

碧落澄秋景玄門啓曙開人疑列禦至客似令威還
羽蓋徒欣仰雲車未可攀只應傾玉醴時許寄頹顔

在江南贈宋五之問

井絡雙源濬湯㑂九派長淪波通地穴委輸下歸墟
别島籠朝蜃連洲擁夕漲韞珠成積潤讓璧動浮光
浮光疑折水積潤疎圓沚玉輪涵地開劒匣連星起
風煙標迥秀英靈信多美懷德踐遺芳端操勲謀已
謁觀光牽迹強栖惶揆拙迷三雀勞生昧兩忘
彈隨空歎笑獻楚自多傷一朝殊默語千里暴炎凉
炎凉幾遷貿川陸疲臻湊積水架吴濤連山横楚岫
風月雖殊昔星河猶是舊姑蘇望南浦邯鄲通北千
北千平主親南浦别離津瀟湘一超忽洞庭多苦辛
秋江無緑芷寒汀有白蘋采之將何遺故人漳水濵
漳濵已遼遠江潭未旋返為聽短歌行當想長洲苑
露金薰菊岸風珮揺蘭坂蟬鳴稻葉秋鴈起蘆花晚
晚秋雲日明亭皐風霧清獨負平生氣空牽揺落情
占星非聚德夢月詎懸名寂寞傷秋奏凄斷泣秦聲
秦聲懐舊里楚奏悲無已郢路少叢臺叢臺富奇士

温𩙪凌愛日壯氣驚寒水一顧重風雲三冬足文史
文史盛紛綸京洛多風塵猶輕五車富未重一囊貧
李仙非易託蘇鬼曲難因不惜勞歌盡誰爲聽陽春

浮查 并序

遊目川上覩一浮查泛泛然若木偶之乘流迷不知其所適也觀其根抵盤屈枝幹扶踈大則有棟梁舟檝之材小則有輪轅榱桷之用非夫禀乾坤之秀氣含宇宙之淳精孰能負凌雲槩日之姿抱積雪封霜之骨向使懷材幽藪藏穎重巖絶望於巖廊之榮遺形於斤斧之患固可垂蔭萬畝懸映九霄與建木較其短長將大椿齊其年壽者而委根險岸託質畏途上爲疾風衝飈所摧殘下爲奔浪迅波所激射基由壞括勢以地危豈盛衰之理繫乎時封植之道存乎我一墜泉谷萬里飄淪與波浮沉隨時逝止雖殷仲文歎生意巳盡孔宣父知朽質難彫然而遇良工逢仙客牛機可託玉璜之路非遥匠石先談萬乘之器何遠故材與不用時也悲夫然知萬物之相應感者亦奚必同聲同氣而已哉感而賦詩貽諸同疾云尔

昔負千尋質高臨九仞峯貞心凌晚桂勁節掩寒松
忽值風飈折坐爲波浪衝摧殘空有恨擁腫遂無庸
渤海三千里泥沙幾萬重似舟飄不定如梗泛何從
仙客終難託良工豈易逢徒懷萬乘器誰爲一先容

在獄詠蟬 并序

余禁所禁垣西是法廳事也有古槐數株焉雖生意可知同殷仲文之古樹聽訟斯在即周邵伯之甘棠每至夕照低陰秋蟬疎引發聲幽息有切嘗聞豈人心異於曩時將蟲響悲於前聽嗟呼聲以動容德以象賢故潔其身也稟君子達人之高行蛻其皮也有仙都羽化之靈姿候時而來順陰陽之數應節為變審藏用之機有目斯開不以道昏而昧其視有翼自薄不以俗厚而易其真吟喬樹之微風韻資天縱飲高秋之墜露清畏人知僕失路艱虞遭時徽纆不哀傷而自怨未搖落而先衰聞蟪蛄之聲悟平反之已奏見螗蜋之抱影怯危機之未安感而綴詩貽諸知己庶情沿物應哀弱羽之飄零道寄人知憫餘聲之寂寞非謂文墨取代幽憂云尔

西陸蟬聲唱南冠客思侵般堪玄鬢影來對白頭吟露重飛難進風多響易沉无人信高潔誰爲表予心

艷情代郭氏荅盧照鄰

迢迢芊路望芝田眇眇函關恨蜀川歸雲已落涪江外還鴈應過洛水纏洛水傍連帝城側帝宅層甍垂鳳翼銅駝路上柳千條金谷園中花幾色柳葉園花處處新洛陽桃李應芳春妾向雙流窺石鏡君住三川守玉人此時離別那堪道此日空牀對芳沼芳沼

徒遊比目魚幽徑還生拔心草流風迴雪儻便好驥
子魚文實可伶擲果河陽君有分貨酒成都妾亦然
莫言貧賤無人重莫言富貴應須種綠珠猶得石崇
憐飛鷰曾經漢皇寵良人何處醉縱橫直如循默守
空名倒提新縑成慊慊翻將故劒作平平離前吉夢
成蘭兆別後啼痕上竹生別日分明相約束已取宜
家成誡勗當時擬弄掌中珠豈謂先摧庭際玉悲鳴
五里無人問腸斷三聲誰爲續思君欲坐望夫臺端
居懶聽將鶵曲沉沉落日向山低簷前歸鷰並頭棲
抱膝當窓聽夕兔側耳空房聽曉雞舞蝶臨階秪自
舞啼鳥逢人亦助啼獨坐傷孤枕春來悲更甚峨眉





山上月如眉濯錦江中霞似錦錦字迴文欲贈君劒
壁層峯自糺紛平江淼淼分青浦長路悠悠間白雲
也知京洛多佳麗也知山岫遥虧蔽無那短封即疎
索不在長情守期契傳聞織女對牽牛相望重河隔
淺深誰分迢迢經兩歲誰能脉脉待三秋情知唾井
終無理情知覆水也難收不復下山能借問更向盧
家字莫愁

代女道士王靈妃贈道士李榮

玄都五府風塵絶碧海三山波浪深桃實千年非易
待桑田一變已難尋別有仙居對三市金闕銀宮相
向起臺前鏡裏伴仙娥樓上簫聲隨鳳史鳳樓迢遰

絶塵埃鸎時物色正徘徊靈芝紫撿參差長仙桂丹
花重疊開雙童綽約時遊陟三島聯翩報消息盡言
真侶出遨遊傳道風光無限極輕花委砌惹裾香殘
月窺窻覘黄色箇時無數併妖妍箇裏無窮惣可怜
別有衆中稱黜帝天上人間少流例洛濵仙駕啓遥
源淮浦靈津符遠籛自言少小慕幽玄只言容易得
神仙佩中邀勸經時序籥裏尋思復幾年尋思許事
真情變二八容華識少選漫道燒丹止七飛空轉化
石曾三轉寄語天上弄機人寄語河邊值査客乍可
忩忩共百年誰 遥遥期七夕想知人意自相尋果
得深心共一心一心一意無窮已投漆投膠非足擬



只將羞澁當風流持此相怜保終始相怜相念倍相
親一生一代一雙人不損丹心比玄石惟將濁水況
清塵只言柱下留期信好欲將心學松蕣不能京兆
畫娥眉翻向成都騁騖引青牛紫氣度靈開尺素絶
鱗去不還連苔上砌無窮綠脩竹臨壇幾處斑筍時
空牀難獨守此日別離那可久梅花如雪柳如絲年
去年來不自持初言別在寒偏在何悞春來春更思
春時物色無端緒雙枕孤眠誰分許分念嬌鸎一種
啼生憎鷰子千般語朝雲旭日照青樓遲暉麗色滿
皇州落花泛泛浮靈沼垂柳長長拂御溝御溝大道
多奇賞俠客妖容逓來往挑騎車花鐵作銭香輪鶩

水珠爲網香輪寶騎競繁華可怜今夜宿倡家鸚鵡盃中浮竹葉鳳凰琴裏落梅花許輩多情偏送款爲問春花幾時滿千回鳥信說衆諸百過鶯啼說長短長短衆諸判不尋千回百過浪開心何曾舉意西鄰王未肯留情南陌金南陌西鄰成自保還轡歸期須及早爲想三春狎斜路莫辞九折邛開道假令白里似長安　使青牛學劍端蘋風入馭來應易竹杖成龍去不難龍驂去去無消息鸞鏡朝朝減容色君心不記下山人妾欲空期上林翼上林三月鴻欲稀華表子年鶴未歸不分淹留乘路待袛應直取桂輪飛

駱賓王文集卷第二

# 駱賓王文集卷第三

## 雜詩


春霽早行　秋日山行
晚度天山　晚泊河曲
晚泊蒲類　曉渡黃河
早發淮口　渡瓜步泝
遠使海曲　晚泊江鎮
早發諸暨　途中有懷
晚憩田家　宿山莊
出石門　至分陝
至汾水戍　過張平子墓
北眺舂陵　望鄉夕泛
久客臨海　遊兗部逢孔君
西京守歲　海曲書情
軍中行路難　邊城落日
蓬萊鎮　在軍登城樓
宿温城望軍營　白雲抱幽石
秋日臥病　題七級
春雲處處生　早秋出塞




春霽早行

年華開早律霽色蕩芳晨城闕千門曉山河四望春
御溝通太液戚里對平津寶瑟調中婦金罍引上賓

劇談推曼倩驚坐揖陳遵意氣一言合風期萬里親
自惟安直道守拙忌因人談器非先木圖榮異後薪
揶揄慙路鬼憔悴切波臣玄草終疲漢烏裘幾滯秦
生涯無歲月岐路有風塵還嗟太行道處處白頭新

秋日山行簡梁大官

來馬陟層阜迴首睇山川攢峯銜宿霧疊巘架寒煙
百重含翠色一道落飛泉香吹分巖桂鮮雲抱石蓮
地偏心易遠致默體逾玄得性靈遊刃忘言已弃筌
彈冠勞巧拙結綬倦牽纏不如從四皓丘中鳴一絃

晚度天山有懷京邑

忽上天山路依然想物華雲疑上苑葉雪似御溝花
行嘆戎麾遠坐令衣帶賒交河浮絕塞弱水浸流沙
旅思徒漂梗歸期未及瓜寧知心斷絕夜夜泣胡笳

晚泊河曲

三秋倦行役千里泛歸潮通波竹箭水輕舸木蘭橈
金隄連曲岸貝闕影浮橋水淨千年近星飛五老遙
疊花開宿浪浮葉下涼颷浦荷疎晚菂津柳漬寒條
愊惶勞梗泛淒斷倦蓬飄仙查不可託河上獨長謠

晚泊蒲類

二庭歸望斷萬里客心愁山路猶南屬河源自北流
晚風連朔氣新月照邊秋竈火通軍壁烽煙上戍樓
龍庭但苦戰鷰頷會封侯莫作蘭山下空令漢國羞

晚渡黃河

千里尋歸路一葦亂平源通波連馬頰進水急龍門
照日榮光淨驚風瑞浪翻棹唱臨風斷樵謳入聽喧
岸迥秋霞落潭深夕霧繁誰堪逝川上日暮他鄉魂

早發淮口望盱眙

養蒙分四瀆習坎奠三荊徒帝留餘地封王表舊城
岸昏涵蜃氣潮滿應雞聲洲迥連沙靜川虛積溜明
一朝從捧檄千里倦懸旌背流桐柏遠逗浦木蘭輕
小山迷隱路大塊切勞生唯有貞心在獨映寒潭清

渡瓜步江

捧檄辭幽徑鳴根下貴洲驚濤疑躍馬積氣似連牛
月迥黃沙淨風急夜江秋不學浮雲影他鄉空滯流

賓三

三

遠使海曲春夜多懷

長嘯三秋晚端居　慮盈未安蝴蝶夢遽切魯禽情
別島連寰海離魂斷戍城流星疑伴使但月似依營
懷祿寧期遠牽時匪徇名艱虞行已遠時迹自相驚

晚泊江鎮

四運移陰律三翼泛陽侯荷香銷晚夏菊氣入新秋
夜烏喧粉堞宿鴈下蘆洲海霧籠邊徼江風繞戍樓
轉蓬驚別渚逃名謝蟻丘還嗟帝鄉遠空望白雲浮

早發諸暨

征夫懷遠路夙駕上危巒薄煙橫絕巘輕凍澁迴湍

野霧連空暗山風入曙寒帝城臨灞涘禹穴枕江干橘柚行應化蓬心去不安獨掩窮途淚長歌行路難

途中有懷

睠然懷楚奏悵矣背秦関泗鱗驚照轍墜羽怯虛彎素服三川化烏裘十上還莫言無皓齒時俗薄朱顏

晚憩田家

轉蓬勞遠役披薜下田家山形類九　　勢急三巴懸梁接斷岸澁路擁崩查霧巖淪曉魄風溆漲寒沙心迹一朝外關山萬里賒龍章徒表越閩俗本非華旅行悲泛梗離贈斷疎麻唯有寒潭菊獨似故園花

宿山莊



金陵一超忽玉燭幾還周露積吴臺草風入郢門楸林壑宿斷霧磴險注懸流拾青非漢策化類秦裘牽迹猶多蹇勞生未寡尤獨此他鄉夢空山明月秋

出石門

層巖遠接天絕嶺上棲煙松低輕蓋偃藤細弱鉤懸石明如挂鏡苔分似列錢暫策為龍杖何處得神仙

至分陝

陝西開勝壤召南分沃疇列樹巢維鵲平渚下雎鳩憩棠疑忽翦曳葛似攀樛至今王化美非獨在隆周

至汾水戍

行役忽離憂復此愴分流濺石迴湍咽縈叢曲澗幽

陰崖常結晦宿莾竟含秋況乃霜晨早寒風入戍樓

過張平子墓

西鄂該通理南擅德音玉巵浮藻麗銅渾積思深
忽懷今日昔非復昔時今日徃豐碑閣風來古木吟
唯歎窮泉下終鬱羨魚心

北眺春陵

惣轡疲宵邁驅馬倦晨興既出封泥谷還過避雨陵
山明行照上谿宿密雲蒸登高徒欲賦詞殫獨撫膺

望鄉夕泛

歸懷到不安促榜犯風瀾落宿含樓近浮月帯江寒
喜逐行前志憂從望裏寬今夜南枝鵲應無繞樹難



久客臨海有懷

天涯非日觀地足望星樓練光摇乱馬劒氣上連牛
草濕姑蘇夕葉下洞庭秋欲知悽斷意江上步安流

遊兖部逢孔君自衛來欣然相遇若舊

遊人自衛反客背隣淮來傾盖金蘭合忘筌玉葉開
繁花明日柳踈葉落風梅將期重交態時慰不然灰

西京守歲

閑居寡言宴獨坐慘風塵忽見嚴冬盡方知列宿春
夜將寒色去年共曉光新耿耿他鄉夕無由展舊親

海曲書情

薄游倦千里勞生負百年未能査上漢詎肯劒遊燕

白雲照春海青山横曙天江濤讓雙璧渭水擲三錢
坐借風光晚長歌獨塊然

行軍軍中行路難

君不見封狐雄虺自成群憑深負固結妖氛玉璽分
兵徽惡火金壇授律動將軍將軍擁旌宣廟略戰士
横戈静夷落長駈一息背銅梁直指三危登劒閣閣
道迢遥起戍樓劒門遥裔俯靈丘邛開九折无平路
江水雙源有急流征役无期返他鄉歳月晚杳杳丘
陵出蒼蒼林薄遠途危紫蓋峯路澁青泥坂去去指
哀牢行行入不毛絶壁千里險連山四望高中外分
區宇夷夏殊風土交趾枕南荒昆弥臨北户川源饒



毒霧谿谷多淫雨行潦四時流崩崖千歳古漂梗飛
蓬不暫安捫藤引葛陟危巒昔時聞道從軍樂今日
方知行路難滄江渌水東流駃炎洲丹徼南中地南
中南斗映星河秦關秦塞阻煙波三春邊地風光少
五月瀘川瘴癘多朝駈疲斥候夕息倦樵歌向月彎
繁弱連星轉太阿重義輕生懷一顧東征西伐凡幾
度夜夜朝朝斑鬢新年年歳歳戎衣故灞城隅滇池
水天涯望轉績地除際行無巳徒覺炎涼節物非不
知関山千萬里弃置勿重陳多苦辛且悦清笳梅栁
曲詎憶芳園桃李人絳節紅旗分日羽丹心白刃酬
明主但令一被君王知誰憚三邊征戰苦行路幾千

端無復歸雲憑短翰空餘望日想長安

邊城落日

紫塞流沙北黃圖灞水東一朝辞俎豆萬里逐沙蓬
候月恒持滿尋源屢鑿空野昏邊氣合峯迥戍煙通
膂力風塵倦壃埸歲月窮河流控積石山路遠崆峒
壯志凌蓍兒精誠貫白虹君恩如可執龍劒有雌雄

蓬萊鎮

旅客春心斷邊城夜望高野樓凝海氣白鷺似江濤
結綬疲三入承冠泣二毛將飛怜弱羽欲濟乏輕舠
賴有陽春曲窮愁且代勞

在軍登城樓

城上風威冷江中水氣寒戎衣何日定歌舞入長安



宿温城望軍營

虜地寒膠折邊城夜柝聞兵符關帝天策動將軍
戎静胡笳徹沙明楚練分風旗翻翼影霜劒轉龍文
白羽揺如月青山斷若雲煙疏疑卷被塵滅似銷氛
投筆懷班業臨戎想勳還應雪漢耻持此報明君

白雲抱幽石

重巖危石幽澗曳輕雲繞鎮仙衣動飄蓮羽蓋分
錦色連花静苔光帯葉薰詎知呉會影長抱穀城文

和孫長史秋日卧病

霍地疏天府潘園近帝臺調絃三婦至置驛五侯來

尚想歡娛洽吁嗟歲月催金壇分上將玉帳引瓌杼
史勝鯷波靜騰諜烏谷開白雲搖水外紫陌灞陵隈
節變鷰裹栁箈繁思落梅調神和玉燭掞藻握珠胎
悵矣欣懷土居然欲厄灰還因承雅曲暫喜躍沉鰓

　四月八日題七級

化成分鳥螓香閣俯龍川複棟侵黃道重簷架紫煙
銘書非晉代壁畫是梁年覇略今何在王宮尚巋然
二帝曾遊聖三鄉是偶賢音玆遊勝侶超彼託良緣
出有爲界君登非想天悠悠青曠裏蕩蕩白雲前
今日經行處曲　号蓋煙
　春雲處處生



千里年光靜四逢春雲　蘂日祥光舉踈雲瑞葉輕
蓋陰籠迥樹陣影抱危城非將吳會遠飄蕩帝鄉情

　早秋出塞寄東臺詳政學士

促駕逾三水長驅望五原天街分斗極地理接樓煩
溪月明關隴胡雲聚塞垣山川殊物候風壤異涼溫
戍古秋塵冷沙寒宿霧繁昔余迷學步投迹忝詞源
　蘭廷閣蓬山欵禁園影纓陪紱冕載筆偶璵璠
汲塚寧詳蠹秦牢詎辨寃一朝從篚服千里鶩輕軒
鄉夢隨寃斷邊聲入聽喧南圖終斂翮北上遽摧轅
弔影憩連茄浮生倦羈藩數奇何以託桃李自無言

　鄭安陽入蜀

彭山折坂外井絡火城隈地是三巴俗人非百里才
長途送君悵望別路我徘徊心賞風煙隔容華歲月催
遥遥分鳳野去去轉龍媒遺錦非前邑鳴琴即舊臺
劒門千仞起石路五丁開海客乘查渡仙童馭竹迴
魂將離鶴遠思逐斷猿哀唯有雙鳧舃飛去復飛來

駱賓王文集卷第三

# 駱賓王文集卷第四

## 雜詩


贈先還知己　酬思玄上人林泉
夏日夜憶張二　和李明府
望月有所思　對雪憶謝二
送陳文林　送鄭少府入遼
送費六還蜀　秋日别侯四
送尹大赴京　秋夜送閻五
送吴七遊蜀　送王明府
秋日送别　於易水送人
别詳正學士　别李嶠得勝
在兗州餞宋五　春晚從李長史
遊靈公觀　夏日遊山家
春日遊陁山寺　冬日野望
夏日遊目聊作　曉初登樓思京
登司馬樓宴　初秋於六宅宴
韋明府宅宴　冬日宴
鏤鷄子　詠雲酒
詠美人　夕次舊吴




### 在軍中贈先還知己

蓬轉俱行役瓜時獨未還魂迷金闕路望斷玉門關
獻凱多慙霍論封幾謝班風塵催白首歲月損紅顏

落鴈低秋塞驚鳧起瞑灣胡霜如劍鍔漠月似刀環
別後邊庭樹相思幾度攀

同辛簿簡仰酬思玄上人林泉 四首

聞君招隱地髣髴武陵春緝芰知違楚披蓁似避秦
崩查年祀積幽草歲時新一謝滄浪水安知有逸人
芳晨臨上月幽賞狎中園有蝶堪成夢無羊可觸藩
志懷南澗藻思北堂萱坐歎華滋歇思君誰為言
林泉恣歷覽風景翫徘徊客有遷鶯處人無結駟來
聚花如薄雪沸水若輕雷今日徒招隱終知異鑿杯
俗遠風塵隔春還初服遲林疑中散地人似上皇時
芳杜湘君曲幽蘭楚客詞山中有春草長似寄相思




夏日夜憶張二

伏枕憂思深擁膝獨長吟烹鯉無尸素筌魚勞寸心
疎麻空有折芳桂湛無斟廣庭含夕氣閑宇澹虛陰
織蟲垂夜砌驚鳥棲暝林驩娛百年促羈病一生侵
詎堪孤月夜流水入鳴琴

和李明府

傳聞葉縣履飛向洛陽 馳道臨層掖津門對小平
霞殘疑製錦雲度似飄纓藻惔潘江漵塵虛范甑清
詎怜衝斗氣猶向匣中鳴

望月有所思

九秋涼風肅千里月華開圓光隨霧湛碎影逐波來

似霜明玉砌如鏡寫珠胎曉色依関近邊聲雜吹哀
離居分照耀怨緒共徘徊自繞南飛羽空忝北堂才

寓居洛濱對雪憶謝二

旅思耿難裁衝飈限易哀曠望洛川晚飄飄瑞雪來
積彩明書帳流韻繞琴臺色奪迎仙羽花避犯霊梅
謝庭賞方逸袁扉掩未開高人儻有訪興盡詎須迴

秋日送陳文林陸道士

青牛遊華岳赤馬走吴宮玉柱離鴻怨金壘浮蟻空
日霽崤陵雨塵起陜陽風唯當玄度月十里與君同

送鄭少府入遼

邊烽警榆塞俠客度桑乾柳葉開銀鏑桃花照玉鞍
滿目臨弓影連星入劒端不學燕丹客空歌易水寒



送費六還蜀

星樓望蜀道月破指吴門萬行流別淚九折切驚魂
雪影含花落雲陰帶葉昏還當三徑晚獨對一清罇

秋日別侯四

我留安豹隱君去學鵬搏岐路分襟易風雲促膝難
夕漲流波急秋山落日寒惟有思歸引悽斷爲君彈

秋日送尹大赴京

挂瓢余隱舜負鼎尔干湯竹葉離罇滿桃花別路長
低河耿秋色落月抱寒光素書如可嗣幽谷竚賓行

秋夜送閻五

通莊抵舊里溝水泣新知斷雲飄易滯連露積難披
傣風啼迥蟀驚月繞疎枝無力勵短翰輕舉送長離

送吳七遊蜀

日觀分齊壤星橋抵蜀門桃花嘶別路竹葉瀉離罇
夏盡蘭猶茂秋新柳尚繁霧銷山望迥風高野聽喧
勞歌徒欲奏贈別竟無言唯有當秋月空晚野人園

送王明府上京參選

振衣遊紫府飛蓋背青田虛心恒警露孤影尚凌煙
離歌悽妙曲別引繞繁絃在陰如可和清響會聞天

秋日送別

寂寥心事晚搖落歲時秋共此傷年髮相看惜去留



當歌應破涕哀命返窮愁別後能相憶東陵有故侯

於易水送人一絕

此地別燕丹壯髮上衝冠昔時人已沒今日水猶寒

西行別東臺詳正學士

意氣坐相親關河別故人客似秦川上歌從易水濱
塞荒行辨玉臺遠尚名綸淺并懷邊將尋源重漢臣
上苑梅花早御溝楊柳新只應持此曲別作邊城春

別李嶠得勝

芳罇徒自滿別恨轉難勝客似遊江岸人疑上灞陵
寒更承夜永涼景向秋澄離心何以贈自有玉壺冰

在兗州餞宋五

淮𡰥泗水地梁甫汶陽東別路青驪遠離鐏淥蟻空柳寒凋密翠棠晚落踈紅別後相思曲悽斷入琴風

春晚從李長史遊開道林故山

幽尋極幽壑春望陟春臺雲光摟斷樹靈影入仙杯古藤依格上野徑約山隈落蘂翻風去流鶯滿樹來興闌荀御動歸路起浮埃

遊靈公觀

靈峯標勝境神府枕通川玉殿斜臨漢金堂迥架煙斷風踈晚竹流水切寒絃別有青門外空懷玄圃仙

夏日遊山家同夏少府

返照下層岑物外狎招尋蘭徑薰幽佩槐庭落暗金谷靜風聲徹山空月色深一遣樊籠累唯余松桂心

和王記室從趙王春日遊陀山寺

鳥旟陪訪道鷲嶺狎棲真四禪明靜業三空廣勝因祥河疎疊澗惠日皎重輪蔡暗龍宮密花明鹿苑春𨛃談筌奧旨妙辯漱玄津雅曲終難和徒自奏巴人

冬日野望

故人無與晤安步陟山椒野靜連雲卷川明斷霧銷靈巖闢曉籟洞浦漲秋潮三江歸望斷千里故鄉遙勞歌徒自奏客魂誰為招

夏日將目聊作

暫屏囂塵累言尋物外情致逸心逾默神幽體自輕

浦夏荷香滿田秋麥氣清詎假滄浪上將濯楚臣纓

同崔駙馬曉初登樓思京

麗譙通四望繁憂起萬端綺疎低晚魄鏤檻肅初寒
白雲鄉思遠黃圖歸路難唯餘西向笑暫似當長安

初秋登司馬樓宴

展驥端居暇登龍嘉宴同締賞三清滿承權六義通
野晦寒陰積潭虛夕照空顧慙非夢鳥濫此側彫蟲

初於六宅宴

千里風雲契一朝心賞同意盡深交洽神靈俗累空
草帶銷寒翠花枝發夜紅唯將淡若水長揖古人風

春夜韋明府宅宴



酌桂陶芳夜披薜嘯幽人雅琴馴魯雉清歌落范塵
宿雲低迥蓋殘月上虛輪幸此承恩洽聊當故鄉人

冬日宴

二三物外友一百杖頭錢賞洽袁公地情披樂令天
促膝鸞觴滿當爐獸炭然何須攀桂樹逢此自留連

鏤鷄子

幸遇清明節欣逢舊練人刻花爭臉態寫月竟眉新
暈罷空餘月詩成併道春誰知懷玉者含響未吟晨

詠雲酒

朔空曾紀曆帶地舊疏泉色泛臨碭瑞香流赴蜀仙
款交欣散玉洽友悅沉錢無復中山賞空吟吴會篇

詠美人在天津橋

美女出東鄰容與在天津動衣香滿路移步襪生塵
水下看粧影眉頭畫月新寄言曹子建箇是洛川神

夕次舊吴

維舟皆楚服振策下吴畿盛德弘三讓雄圖枕九圍
黄池通霸業赤壁暢戎威文物俄遷謝英靈有盛衰
行歎鴟夷没遽惜湛盧飛地古煙塵暗年深館宇稀
山川四望是人事一朝非懸劒空留信亡珠尚識機
鄭風遥可託関月耿難衣西北雲逾滯東南氣轉微
徒懷伯通隱多謝買臣歸 唯有荒臺路薄暮濕征衣

過故宋

舊國千年盡荒城四望通雲浮非隱帝日舉類遊童
綺琴朝化洽祥石夜論空馬去遥奔鄭蛇分近帶豐
池文歛東水竹影漏寒叢園兎承行月川 避斷風
故宋誠難定從梁事未工唯當過周客獨愧吴臺東

駱賓王文集卷第四

# 駱賓王文集卷第五

## 雜詩

傷祝阿王明府　詠懷古意
詠懷　邊夜有懷
久戍邊城　幽縶書情
寒夜獨坐　憲臺出縶寒夜有懷
月夜有懷　叙寄員半千
憶蜀地佳人　送郭少府
餞駱四　送五之問
過任處士書齋　塵灰
秋晨　秋雲
秋蟬　秋露
秋月　秋水
秋螢　秋菊
秋鴈　詠照
挑燈杖　詠水
詠鴈　詠雪
詠塵　棹歌行
王昭君　翫初月　詠鵝



### 傷祝阿王明府 并序

夫心之悲矣非關春秋之氣聲之哀也豈移金石之音何則事感則萬緒興端情應則百憂交軫是以宣

尼舊館儀襟動激楚之悲孟嘗高臺承睫下聞琴之淚祝阿王明府毓德丹穴龍襲吉黃裳靈基峙金闕之峯層源瀨王輪之坂既而鳩飛漸陸將騁平輿之龍鶴鳴在陰爰絆朝歌之驥乃當名縣闕月德貫陳星豈徒遽切夢瓊掩沉連石嗟乎輪銷桂魄驪珠毀貝闔之前斗散紫氛龍劍沒延平之水其昔承嘉惠曲荷恩光留連嘯歌從容風月撫心陳迹泣血漣如然而始終者萬物之大歸生死者百年之常分雖則知理之可有而未曉情之可無聊綴悲歌敢貽同好諸君或締交三益列宰一同或叶契瑩蹄投心膠漆如比肩於千里還傷蒐於九原既切芝焚弥深蕙歎盍言四始同賦七哀庶蘭室流薰龍襲遺芳而化德故遂心深拙效庸音於起予觸目多懷周增流動

洛川真氣上重泉惠政融舍章光後列繼武嗣前雄與良難驗生涯忽易窮翔梟猶在犢狎雉尚馴童錢滿荒階綠塵浮虛帳紅夏餘將宿草秋近未蘇蓬烟晦泉門夕日遠夜臺空誰堪孤隴外獨聽白楊風

詠懷古意上裴侍郎

三十二餘罷鬢是潘安仁四十九仍入年非朱買臣縱橫愁繫越坎壈倦遊秦出籠窮短翮委轍涸枯鱗

不露用彈鋏欲誰申天子未驅策歲月幾沉淪輕生長慷慨效死獨慇懃徒歌易水客空老渭川人

一得視邊塞萬里可苦辛劍匣胡霜影弓開漢月輪
金方動秋色鐵騎相風塵為國堅誠欵捐軀志賤貧
勒功思比憲決略暗欺陳若不犯霜雪虛擲玉京春

詠懷

少年識事淺不知交道難一言芬若桂四海臭如蘭
寶劍思存楚金鎚許報韓虛心徒有託循迹諒無端
太息関山險于嗟歲月闌志機殊會俗守拙異懷安
阮籍空長嘯劉琨獨未懽十步庭芳斂三秋隴月團
槐踈非盡意松晚夜凌寒悲調絃中急窮愁醉裏寬
莫將流水引空向俗人彈

邊夜有懷



漢地行逾遠燕山去不窮城荒猶築怨碣毀尚銘功
古戍煙塵滿邊庭人事空夜關明隴月秋塞急胡風
倚伏良難定榮枯豈易通旅魂勞泛梗離恨斷征蓬
蘇武封猶薄崔駰官不工惟餘北叟意欲寄南飛鴻

久戍邊城有懷京邑

擾擾風塵地遑遑名利途盈虛一易舛心迹兩難俱
弱齡小山志寧期大丈夫九微光貫玉千仞忽彈珠
棘寺游三禮蓬山簉八儒懷鉛慙後進投筆願前驅
北走非通趙西之似化胡錦車朝促候刀斗夜傳呼
戰士青絲絡將軍黃石符連星入寶劍半月上彫弧
拜井開踈勒鳴桴動密須戎機習短蕉袂授靜長揄

季月炎初盡邊亭草早枯層陰籠古木窮色變寒蕪
海鶴聲嘹唳城烏尾畢逋葭繁秋引色桂滿夕輪孤
行役風霜久鄉園夢想孤灞池遥夏國秦海望陽紆
泌塞三千里京城十二衢揚溝連鳳闕槐路擬鴻都
壁殿規宸象金隄法斗樞雲浮西北蓋月照東南隅
寳帳垂連理銀床轉鹿盧廣筵留上客豐饌引中厨
漏緩金徒箭嬌繁玉如壺秋濤飛喻馬春水泛仙鱸
意氣風雲合言忘道術趍共矜名已泰詎肯沫相濡
有志慙彫朽無庸類散樗開山斬超忽形倦歎艱虞
結網空知羨圖榮豈自誣忘情同塞馬比德類宛駒
隴阪肝膓絶陽關亭隴迢迷覓驚落鴈離恨斷飛鳧




春去容華盡年來歲月無邊愁傷郢調鄉思繞吳歈
河氣通中國山途限外區相思若可寄冰泮有銜蘆

幽縶書情通簡知己

昔歲逢陽曆觀光賁楚材穴疑丹鳳起場似白駒來
一命淪驕餌三緘慎禍胎不言勞倚伏忽此遘邅迴
騁馬刑章峻蒼鷹獄吏精争纓非易辯疑璧果難裁
擽拙慙周　端憂滯夏臺生涯一滅裂岐路幾徘徊
青陸芳春動黃泌旅思催圓扉長寂寂踈網尚恢恢
入穽先搖尾迷津正曝顋覆盆徒望日蟄户未驚雷
霜歇蘭猶敗風多木屢摧地幽蚕室閑門静雀羅開
自憫秦寃痛誰憐楚奏哀漢陽窮鳥客梁甫臥龍才

有氣還衝斗無時會鑿坏莫言韓長作 不然灰

寒夜獨坐遊子多懷簡知已

故鄉眇千里離憂積萬端鶉服長悲碎蝸廬未十安冨鈎徒有想貧鋏為誰彈柳秋風葉脆荷晚露文團晚金董岸菊餘佩下幽蘭伐木傷心易維桑歸去難獨有孤明月時照客庭寒

憲臺出縶寒夜有懷

獨坐懷明發長謠苦未安自應迷北叟誰肯問南冠生死交情異殷憂歲序闌空餘朝夕鳥相伴夜啼寒

月夜有懷簡諸同病

閑庭落景盡踈簾夜月過山靈響似應水淨望如空



棲枝猶繞鵲遵渚未來鴻可歎高樓婦悲思沓難終

敘寄負半千

薄宦三河道自負十餘年不應驚若厲秪為直如絃坐歷山川險吁嗟陵谷遷長吟空抱膝短翮詎沖天塊歸滄海上望斷白雲前釣名勞拾紫隱迹自談玄不學多能聖徒思濡寶仙斯志良難已此道豈徒然嗟為刀筆吏恥從繩墨牽岐路情雖狎人倫地本偏長揖謝時事獨往訪林泉寄言二三子生死不來旋

憶蜀地佳人

東西吳蜀關山遠魚來鴈去兩難聞莫怪常有千行淚只為陽臺一片雲

送郭少府探得憂字

開筵抗德水輟棹艤仙舟貝闕桃花浪龍門竹箭流
當歌悽別曲對酒泣離憂還望青門外空見白雲浮

餞駱四得鍾字

平生何以樂斗酒夜相逢曲中驚別緒醉裏失愁容
星月懸秋漢風香入曙鍾明月臨滿水青山幾萬重
甲子驅車入良宵秉燭遊人追竹林會酒獻菊花秋
霜吹飄無已星河漫不流重嗟歡賞地翻召別離憂

宋五之問得涼字

願言遊泗水支離去二漳道術君所篤筌蹄余自忘
雪威侵竹冷秋爽帶池涼欲驗離襟切岐路在他鄉



冬日過故人任處士書齋

神交尚投漆虛室罷遊蘭綱積窻文乱苔深履迹殘
雪明書帳冷水靜墨池寒獨此琴臺上流水爲誰彈

塵灰

洛川流雅韻秦道擅苛威聽歌梁上動應律管中飛
光飄神女襪影落羽人衣願言心未翳終冀效輕微

秋晨同淄川毛司馬秋九詠

紫陌炎氣歇青蘋晚吹浮乱竹摇疎影縈池織細流
飄香曳舞袖帶 泛粧樓不分君恩絶紈扇曲中秋

秋雲

南陸銅渾改西郊玉葉輕泛 搖光動臨 瑞色明

蓋陰連鳳闕陣影翼龍城誰知時不遇空傷流滯情

秋蟬

九秋行已暮一枝聊暫安隱榆非諫楚噪柳異悲潘
分形粧薄鬢鏤影飾危冠自憐疎影斷寒林夕吹寒

秋露

玉關寒氣早金塘秋氣歸泛掌光逾靜添荷滴尚微
變霜凝曉液承月委圓輝別有吴臺上應濕楚臣衣

秋月

雲被玉繩淨月滿鏡輪圓裛露珠暉冷凌霜桂影寒
漏彩含踈薄浮光漾急瀾西南徒自賞南飛終未安

秋水

貝闕寒流徹玉輪秋浪清圖雲錦色淨寫月練花明
泛曲鷁絃動隨軒鳳轄驚唯當御溝上悽斷送歸情



秋螢

玉虬分靜夜金螢照晚凉含輝疑泛月帶火怯凌霜
散彩縈虛牖飄花繞洞房下帷如不倦當解借餘光

秋菊

擢秀三秋晚開芳十步中分黃俱笑日含翠共搖風
碎影含流動浮香隔岸通金翹徒可泛玉斝竟誰同

秋鴈

聯翩辭海曲遥曳指江干陣去金河冷書歸玉塞寒
帶月凌空易迷煙逗浦難何當同顧影刷羽泛清瀾

詠照

寫月無芳桂照月有花菱不持光謝水翻將影學冰

挑燈杖

禀質非貪熱焦心豈憚熬終知不自潤何處用脂膏

詠水

列名通地紀疏派合天津波隨月色淨態逐桃花春
照霞如隱石映柳若沉鱗終當挹上善屬意淡交人

詠鴈

安藻蒼梧遠銜蘆紫塞長霧深迷晚景風急斷秋行
陣照通宵月書封幾夜霜無復能鳴分空知愧稻梁

詠雪

龍雲玉葉上鶴雪瑞花新影乱銅烏吹光銷玉馬津
含輝明素篆隱迹表祥輪幽蘭不可儷徒自繞陽春



詠塵

凌波起羅襪含風染素衣別有知音調聞歌應自飛

棹歌行

寫月圖黃罷凌波拾翠通鏡花搖芰日衣麝入荷風
菱露舟難蕩蓮疎浦易空鳳媒羞自託鴛翼恨難窮
秋帳燈光翠倡樓粉色紅相思無別曲併在棹歌中

王昭君

斂容辞豹尾緘怨度龍鱗金鈿明漢月玉筯染胡塵
古鏡菱花暗愁眉柳葉嚬惟有清笳曲時聞芳樹春